LE BIBLIOBUS

Bahram Rahman

ILLUSTRATIONS DE
Gabrielle Grimard

Texte français d'Isabelle Allard

■SCHOLASTIC

Catalogage avant publication de Bibliothèque et Archives Canada

Titre: Le bibliobus / Bahram Rahman ; illustrations de Gabrielle Grimard ; texte français d'Isabelle Allard.
Autres titres: Library bus. Français
Noms: Rahman, Bahram, 1984- auteur. | Grimard, Gabrielle, 1975- illustrateur. | Allard, Isabelle, traducteur.
Description: Traduction de : The library bus.
Identifiants: Canadiana 20210113006 | ISBN 9781443189361 (couverture souple)
Classification: LCC PS8635.A4175 L5314 2021 | CDD jC813/.6—dc23

Ce livre a été publié initialement en anglais, en 2020, par Pajama Press Inc., 181 Carlaw Ave., Suite 251, Toronto (Ontario) M4M 2S1.

Copyright © Bahram Rahman, 2020, pour le texte anglais.
Copyright © Gabrielle Grimard, 2020, pour les illustrations.
Copyright © Pajama Press Inc., 2020, pour l'édition anglaise.
Copyright © Éditions Scholastic, 2021, pour le texte français.
Tous droits réservés.

Il est interdit de reproduire, d'enregistrer ou de diffuser, en tout ou en partie, le présent ouvrage par quelque procédé que ce soit, électronique, mécanique, photographique, sonore, magnétique ou autre, sans avoir obtenu au préalable l'autorisation écrite de l'éditeur. Pour la photocopie ou autre moyen de reprographie, on doit obtenir un permis auprès d'Access Copyright, Canadian Copyright Licensing Agency : www.accesscopyright.ca ou 1-800-893-5777.

Édition publiée par les Éditions Scholastic, 604, rue King Ouest, Toronto (Ontario) M5V 1E1, avec la permission de Pajama Press Inc.

5 4 3 2 1   Imprimé en Chine 32   21 22 23 24 25

Les illustrations originales de ce livre ont été créées à l'aquarelle et à l'aide d'outils numériques.
Conception graphique de la couverture et du livre : Rebecca Bender

MIXTE
Papier issu de
sources responsables
FSC® C144853

Pour ma mère *jan*
— B. R.

À toutes ces magnifiques personnes
qui contribuent, à leur manière,
à rendre ce monde meilleur.
— G. G.

— Classer les livres, ranger, être gentille avec les autres filles, se répète doucement Pari.

— Tu vas faire ça très bien, lui dit sa maman en lui faisant un câlin.

Aujourd'hui, c'est la première fois que Pari aide sa maman à la bibliothèque. Mais ce n'est pas une bibliothèque ordinaire : elle a quatre roues! C'est le premier bibliobus de la ville de Kaboul. Au lieu de sièges, il y a tellement de livres que Pari ne peut pas les compter.

Les rues sont encore sombres quand Pari et sa maman
quittent la maison. Leur premier arrêt est un petit village blotti
dans une vallée, entre deux montagnes grises. Le soleil se lève
au-dessus des champs.

Un groupe de filles attend
patiemment au pied d'un énorme
chêne.

Une petite fille agite son tchador.
— Par ici! crie-t-elle.

Pari ouvre la porte arrière et tout le monde entre dans l'autobus. Les filles rapportent les livres qu'elles ont empruntés la semaine précédente et cherchent de nouveaux livres sur les étagères.

— *Sallam,* mes filles... Formons un cercle, maintenant,
dit la maman de Pari d'une voix calme.

Tout le monde l'écoute.

— Nous allons faire un peu d'anglais.

D'abord, elles entonnent la chanson de l'alphabet.
Ensuite, elles comptent de un à dix.

Quand la leçon est terminée, une fille vêtue d'une robe jaune s'approche de Pari.

— Es-tu nouvelle ici? Comment t'appelles-tu? Vis-tu dans l'autobus? Peux-tu écrire A, B, C? Je peux écrire toutes les lettres jusqu'à Z.

Elle parle très vite.

— Je peux aussi écrire toutes les lettres, s'empresse de répondre Pari.

Pourtant, Pari ne sait même pas écrire ou lire en farsi.

La maman de Pari démarre le moteur. *Brooooob-b-b...Vroum!*
Elles repartent en direction d'un camp de réfugiés au-delà
des montagnes. La vieille ville s'étend devant elles, tel un
foulard brodé du grand bazar. Des petites maisons, des routes
poussiéreuses, des collines qui se succèdent, puis un cercle
de montagnes escarpées.

Pari tripote sa fermeture éclair.

— Où as-tu appris les lettres A, C, D, Mama?

— Oh... tu veux dire l'alphabet. A, B, C, c'est l'alphabet anglais, comme *Alif, Be, Te* en farsi.

La maman de Pari inspire profondément et poursuit :

— Ton grand-père me l'a appris il y a longtemps. Quand j'étais jeune, les filles n'avaient pas le droit d'aller à l'école et d'apprendre à lire et écrire. Je devais me cacher au sous-sol pour étudier.

Pari se demande si sa maman avait peur dans le
sous-sol de son grand-père. C'est un endroit sombre.

— Pari, quand tu iras à l'école
l'an prochain, je veux que tu étudies
sérieusement. N'arrête jamais d'apprendre.
Comme ça, tu seras libre. Dis-moi, ajoute-
t-elle avec un clin d'œil, comment te sens-tu
quand tu apprends des choses?

— **Libre !** s'écrie Pari en levant les bras dans les airs.

Elles arrivent au camp à midi. Pari voit des rangées de tentes. Il y a de la poussière partout, et les enfants portent des vêtements rapiécés.

— Celles qui ont besoin de cahiers et de crayons, allez voir Pari, dit la maman de Pari. Et si vous voulez échanger des livres, venez me voir.

Pari est entourée de filles qui lui demandent des fournitures scolaires.

— J'ai besoin d'un nouveau crayon! crie une fille aux cheveux bouclés.

Une autre fille se faufile devant les autres.

— Donne-moi un cahier! dit-elle en sautillant d'excitation.

Bientôt, tout le monde est prêt pour la leçon.

— A, B, C, D… répétez après moi. Encore une fois.

La maman de Pari récite les lettres comme si c'était une belle chanson.

— A, B, C... chantonne Pari tout doucement.

En quittant le camp, Pari
lit les grosses lettres écrites
sur les tentes :
— P... A... M... et les
autres sont
U
  N
    H
      C
        R.
— Bravo, Pari! s'écrie sa
maman. Tu les as bien lues!

Pari sourit, toute fière.

De retour à la maison, Pari aide sa maman à préparer
le souper : un bol de *shorba* aux fèves, avec des pommes
de terre et des carottes.

En prenant place à table, elle demande :
— L'an prochain, vas-tu m'apprendre à lire?

— Tu fréquenteras une vraie école de la ville, répond
sa maman.

— Pourquoi ces filles ne peuvent-elles pas aller dans
une vraie école?

— Il n'y a pas d'école pour les filles dans le village et
le camp. Elles n'ont que le bibliobus une fois par semaine.
Mais je vais les aider, comme ton grand-père m'a aidée.

À l'heure du coucher, elle dépose un baiser sur le front de Pari et dit :

— Tu m'as beaucoup aidée, aujourd'hui.

Pari sourit et se blottit contre sa mère. Elle pense aux filles du village et à celles du camp de réfugiés. Elle pense au bibliobus, aux nouveaux endroits où elles iront et aux nouvelles filles qu'elles rencontreront.

Demain.

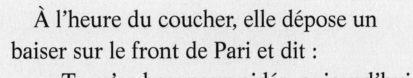

UN MOT À PROPOS DES CAMPS DE RÉFUGIÉS

Lorsque la guerre, la famine ou une catastrophe naturelle obligent une grande quantité de gens à quitter leurs maisons, un grand nombre d'entre eux se retrouvent dans des camps de réfugiés. Ces camps n'offrent que des abris de base, généralement des tentes. Les gens qui y vivent n'ont pas un accès normal à l'emploi, à la nourriture ou à l'éducation.

Les lettres que Pari a lues sur les tentes du camp de réfugiés correspondent aux noms des deux organisations qui aident les gens dans ces endroits. Le Programme alimentaire mondial (PAM) procure de la nourriture aux réfugiés. Le Haut-Commissariat des Nations Unies pour les réfugiés (HCR) les protège. Le HCR aide également les réfugiés à retourner chez eux une fois que le danger est passé, ou à amorcer le long processus permettant de trouver un nouveau pays où s'installer.

Tu te demandes peut-être comment c'était de grandir en Afghanistan.

Si je te dis que mon enfance était « correcte », tu vas penser que je blague. L'Afghanistan a connu la guerre et la souffrance humaine durant de nombreuses années. Comment la vie de ses habitants pourrait-elle être correcte?

Ce que je veux dire, c'est que lorsqu'on naît pendant la guerre, on n'a aucune connaissance de la vie en temps de paix. La guerre est « normale ». La vie continue, peu importe le temps que l'on a devant soi. On va à l'école ou on étudie à la maison. On joue avec ses amis. On rit et on pleure. On se blesse et on guérit. Et on rêve. De grands rêves comme ceux de tous les enfants de la planète.

J'ai écrit *Le bibliobus* pour te raconter cette histoire : celle de la force des enfants en Afghanistan, particulièrement des filles, dans leur quête d'une éducation. Je voulais aussi rendre hommage aux enseignantes, qui sont courageuses et ingénieuses. Grâce à leur créativité, elles permettent aux filles de poursuivre leur éducation malgré de nombreux obstacles. Ces enseignantes organisent des écoles et des bibliothèques mobiles, et font l'école à la maison.

Bien que j'aie pris la liberté de modifier certains des événements de ce livre, tous les personnages sont inspirés d'enfants que j'ai rencontrés lors de mes visites dans des camps de réfugiés et des orphelinats de Kaboul. Ils sont les véritables héros de l'Afghanistan. Je les remercie du fond du cœur.

— Bahram Rahman